물에서 크는 나무

시작시인선 0335 물에서 크는 나무

1판 1쇄 펴낸날 2020년 6월 20일
지은이 김화정
펴낸이 이재무
책임편집 차성환
편집디자인 민성돈, 장덕진
펴낸곳 (주)천년의시작
등록번호 제301-2012-033호
등록일자 2006년 1월 10일
주소 (03132) 서울시 종로구 삼일대로32길 36 운현신화타워 502호
전화 02-723-8668
팩스 02-723-8630
홈페이지 www.poempoem.com
이메일 poemsijak@hanmail.net

ⓒ 김화정, 2020, printed in Seoul, Korea

ISBN 978-89-6021-496-5 04810
      978-89-6021-069-1 04810(세트)

값 10,000원

물에서 크는 나무

김화정

천년의
ㅅ 작

시인의 말

호수에 잠긴 작은 나무의 어린 가지가 흔들립니다. 태아처럼 발
차기도 하고 손을 쭉 뻗기도 합니다.

나도 잔물결에 흔들립니다. 진달래가 피는 봄밤이나 잠자리가 날
아간 날 밤엔 무슨 꿈을 꿀까요.

한 발짝도 못 떼는 슬픔이 설레는 물결에 오르내립니다.

호수의 물이 빠졌다가 다시 찰 때 나무의 키가 훌쩍 커있을까요.

오늘 밤엔 보름달이 떠오르고, 졸린 샛별이 가지에 내려와 한동안
반짝였으면 좋겠습니다.

차 례

시인의 말

제2부

제1부

쓸쓸한 무논

무논에 꽃분홍 둥지를 튼 자운영
너의 향기로 잠을 깬 아침이 몇 날일까.
푸른 작두날이 달린 트랙터가
땅을 갈아엎는다. 비명도 지르지 못하는
자운영꽃들 땅속에 묻힌다.
한나절 무논의 꿈도 짓밟힌다.
봄날은 늘 잔인하다.
모가 아니면 뿌리째 뽑히는
독선을 받아들여야 한다.
텅 빈 교회당 같이 허허로운
무논은 기도만 할 뿐 속수무책이다.
칼금이 진 가슴에 새파란 모가 꽂힌다.
아득한 지평선은 하루가 취해 가고
자운영 물결치는 저곳은 노을이 아니다.
무논은 새가 되어 날아가고 싶다.
그런 밤에는 어김없이 별들이 내려와
개구리 떼처럼 울어댄다.
욱신거리는 무논의 가슴
어린 모도 곧추서서 잔뿌리를 내린다.

끈

2살 된 손녀가 끈을 좋아한다.
가죽 허리끈이든 포대기 끈이든
끈을 보면 내게 한쪽 끝을 내민다.
끈으로 연결된 우리
종종걸음으로 따라오는 병아리와
한눈을 팔며 해찰하는 어미 닭 같다.
거실에서 뱅뱅 돌다가 안방으로,
부엌에서 베란다로,
집 안 곳곳을 돌아다닌다.
무엇이 그리 재미있는지,
끈을 당기면 더 좋아라 웃는다.
끈을 놓으면 이별이라도 할까 싶어
초롱한 눈에 눈물이 고인다.
엄마 배 속에서도 탯줄을 잡고 놀았겠지.
아니 그 이전에 어느 별의 끈을 잡고
지상으로 내려왔겠지,
아주 튼튼한 끈을 꼭 잡고.
이런저런 생각을 하다 보니
갑자기 내 머리에 전깃불이 확 켜진다.
내 몸의 피가 빠르게 돈다.

손녀의 두 눈이 빛난다.
별들이 내 어깨 위로 쏟아지더니
그중 제일 예쁜 별, 품에 꼭 안긴다.

빙하가 녹을 때

가을비가 내리는 북방
도도하게 휘어지는 강물 앞에 서있다.
누구의 빼앗긴 사랑인가.
들꽃 한 무더기 비바람에 떤다.
검은 옷을 입고 노란 웃음을 짓는 들꽃들
놀란 가슴 쓸어내린다.
어느 결에 씨앗으로 날아와
지금 여기 피어있는 걸까.
눈앞에 펼쳐지는 산정
하늘인 듯 호수인 듯
신들이 사는 세상 같다.
찬비가 주름진 얼굴로 흘러내린다.
침묵해야만 했던 날들이 녹아내린다.
잔설로 남아있는 마음
뒤척이며 밤을 샌 칼날 같은 눈빛
유빙으로 떠내려간다.
낯선 초지에 쓰러진 부나방을 땅에 묻는다.
들꽃으로 피어라.
마침표를 찍는다, 눈물 한 방울.

책들의 방

멀리 보이는 무등산, 녹색의 경전을 외고 있다.
베란다에서 재스민꽃 향기가 날아온다.
방 주인은 유효기간이 없는 여권을 들고
어디론가 떠났나 보다. 알프스의 양지바른 곳
아름다운 일몰을 바라보는 지중해의 휴양지
종교와 문화가 모자이크된 서아시아도 아니다.
포탄 자국 선명한 보스니아의 한적한 도시도 아니다
향냄새가 진동하는 중국 사원이나
흥청거리는 재래시장도 물론 아니다,
그는 지금 요양병원 침대에 누워있다.
책들은 알고 있다, 언젠가는 이런 날이 오리란 것을.
세계 곳곳을 누비며 살고 싶은 그의 마음
약속처럼 버리지 못하고 있는 것도 알고 있다.
누구도 모르는 그들의 대화가 들려오는 듯
오랜 투병 생활 만큼이나 책들과의 우정도 깊다.
책상 위, 때 묻은 돋보기와 볼펜, 쓰다 만 메모지
침대에 놓인 전화기도 제자리를 지키고 있다.
언제나 돌아올는지 펼쳐진 책갈피에 맥이 뛰고
안부를 묻는 물음표가 부표처럼 떠다닌다.
방문을 열면 책꽂이에 가지런히 꽂혀 있는 책들……
전등을 켜며 그가 돌아올 날을 고대한다.

천인정에 앉아

감나무에서 가을이 익어가는 날이다.
맨드라미꽃 피는 골목과
호박 넝쿨 우거진 돌담길을 걷는다.
그 길 끝에서 고개를 돌리면
비봉산 봉황이 날아온 듯
우뚝 선 천인정이 보인다.
눈 감으니 귀에 들리는 소리
"봉비천인 기불탁속*이라."
가파른 계단을 오르며 마음 가다듬는다.
인고와 겸손의 시간을 새겨온
언덕 위 십여 그루 노송들이
강학 중인 훈장님들 같다.
천인정에 오르니, 눈 아래
복래 들판이 누렇다.
저 멀리 보이는 보성강
천인정에서 시회詩會가 열리던 날
굽이굽이 물줄기 따라 선비들
오셨다 한다. 이제는 내게도
익숙한 물소리, 바람 소리, 새소리
"봉비천인 기불탁속."

비봉산 자락에 앉아 되뇌고 있다.

* 봉비천인 기불탁속鳳飛千仞 飢不啄粟: 봉황은 천 길 벼랑을 날지만 아무리 굶주려도 조 따위는 먹지 않는다. 선비의 '지조와 절개'를 표현한 글이다.

고도 민박

역청을 바르고 주름 옷을 껴입은
열대야가 새벽을 훅 날려 버린다.
거문도 삼산 포구로 들어오는 바다
실은 고도 민박집 앞마당이다.
졸음에 빠진 작은 어선들
그림자가 잔물결에 출렁인다.
토막 잠에 지친 민박집 할머니
모기 쫓듯 빗자루를 들고 나온다.
다다미방 이 층 창가에 앉은
낯선 시간 속 나의 기대가
꼬리를 물며 길을 연다.
섬의 속살을 더듬더듬 만지는
회색빛 구름들 사이로
등댓불이 소름처럼 돋는다.
입추 갓 지낸 여름은 자꾸 조급해져
한 됫박의 새벽을 낳고
새벽바람은 해묵은 젓갈 냄새를 풍긴다.

죽곡정사*

여름 한낮 진봉 마을
개울 따라 죽곡정사에 오른다.
도학의 향연을 여는 듯
돌담 넘어 키 큰 백일홍
화사한 미소로 반긴다.
강회에 모여든 선비의 기품인지
새겨진 글씨마다 귀를 울린다.
나라는 망했어도
조선 유학자의 삶을 이어가신
주인의 기상을 닮아
옥잠화는 스스로 고고하다.
대궁에 맺힌 흰 꽃망울들
티 하나 없이 꽃 핀다.
지는 꽃잎도 꼿꼿하다.
보이지 않는 곳에서 외쳐대는
매미 소리 귓전을 쓸어낸다.
아메리카노에 중독된 나를
훈계를 하는가 보다.
흰 두루마기 입은 선비처럼
문자 향에 취해 대문을 나선다.

* 죽곡정사: 보성군 복래면에 있으며 1920년대 회봉 안규용 선생이 강
  학하던 서당이다.

수몰지구 봉갑사

보성군 문덕면 단양동
천봉산 봉갑사에 비 내린다.
댐이 들어서자 사람들 떠난 마을
백제 천봉사 터로 되살아나고 있다.
그 모습이 기억 속 엊그제인 듯
불갑, 도갑, 봉갑……
삼 갑으로 적멸보궁 우뚝 들어선다.

물안개 피어오르는 산
망일봉이 가까이 오다가 멀어진다
동자승 웃음소리가 낙숫물로 흩어진다
흘러 내려온 물은 폐가 돌담을 지나
당산나무 옆을 휘돌아
거센 물결이 유물로 남긴
의기 서린 기념비의 낯을 씻는다.

주암호는 가을 산을 안고 있다.
이제 어느 곳으로 가야 하나.
백두대간 달려온 오색 단풍
비에 젖은 채찍을 놓는다.

시골 버스는 바람을 맞서는지
빗물 털어내며 비탈길을 내려간다.

겨울 그림자

느리게 오는 그림자가 있다.
햇살 목욕을 하면서
노을 지는 겨울 하늘로
낙엽들이 새 떼처럼 날아간다.
마지막 남은 잎새 하나
오로라가 되고 싶을까.
백지 위 머뭇대는 시인의 꿈을 훔치고
그림자 속으로 사라진다.
비껴가는 것들이 서로의 빛이다.
느린 시간의 풍경을 삼키고
잎새 다 떨군 참나무로 서있는
나는 알 수 없는 유적이다
저마다 시리기만 한 가슴
그냥 지나치지 못하는 겨울 햇살,
등 뒤에서 꼭 껴안고 있다.

감자꽃

드넓은 감자밭에 가면
검게 그을린 얼굴의 어머니가 있다.
알감자 커가는 하지 무렵이면
흙 묻은 어머니 옷소매
구슬땀으로 젖는다.
꽃 피면 감자 밑이 들지 않는다고
올해도 어머니는
여린 꽃 순만 보면 뚝뚝 꺾는다.
행여 알감자들 불거져 나올까 싶어.
다 큰 자식들 감싸듯
북돋은 흙 꾹꾹 누른다.
어머니는 꺾인 꽃송이를 모으며
햇볕 쨍한 하늘을 바라본다.
혼자 수없이 밀어 올린
남몰래 피는 어머니의 꽃이 있다.
누가 그 꽃들 알아줄까.
감자밭에 피고 지던 것들
혼자 마음 앓다가 꺾여 버린 것들
애써 외면한 것들이 눈앞에서 흔들린다.

순례

아프리카 코끼리 떼가 강을 건너온다.
바람에 실려 온 물의 향기
할머니 코끼리 메사는 기억을 더듬는다.
건기의 초원을 지나가는
대를 물려온 모험의 길이다.
모래밭에 백골이 누워있다.
작년에 병으로 죽은 그녀의 친구다.
여섯 달이 된 아기 코끼리 테사는
굶주린 사자 떼에 쫓기다
코와 꼬리가 잘린 채 걷고 있다.
목적지에 도착한 테사와 그의 친구들이
살아 다행이란 듯 얼굴을 비빈다.
서로 올라타며 장난을 친다.
그 모습 지켜보며 할머니 코끼리 메사는
서녘 해를 보며 기도를 한다.
때가 되면 되돌아갈 초원이 궁금하다.
훌쩍 큰 테사가 할머니를 지켜줄 것이다
모험의 길로 나선 적이 없는 나는
집에서 죽음이나 기다리고 있는 걸까.
이런 내가 불현듯 참을 수 없다.
대문을 밀치고 나가 무작정 걷는다.

손녀와 함께

책상에 앉아 시 그림자를 찾고 있다.
다섯 살 손녀가 말한다.
할머니, 나도 삼촌처럼 그림 공부할 거야.
동그라미를 아주 크게 그려놓고
나는 초록색을 조금 더 칠해 줘야 해.
나는 파란색을 조금 더 칠해 줘야 해.
할머니, 조금만 더 기다려줄래?
나는 빨간색을 조금 더 칠해 줘야 해.
자 이제 다 되었어. 짜잔! 무슨 그림일까요?
어머. 예쁜 꽃밭 그림이구나. 내 말에
뿌듯해진 손녀는 또 무엇인가 그린다.
크고 작은 동그라미에 가득 색을 칠한 후
짜잔! 이제 무슨 그림일까요?
물고기들이 놀고 있는 바닷속이구나.
신이 난 손녀는 유치원 선생님처럼 말한다.
그럼 우리, 바다 친구들에게
꽃을 보여 주러 갈까?
손녀는 제 그림을 들고 앞장선다.
베란다에는 호야, 사랑초, 제라늄……
여러 색깔의 웃음꽃들 환하게 피어있다.
내 앞에서도 시의 문 활짝 열린다.

가을 나무에 기대어

가을 모자 꺼내 쓰고 숲길을 걷는다.
이슬 맺힌 잎들 팔랑이며 떨어진다.
아침 햇살이 따가운 눈총을 보내서가 아니다.
딱새들 날카로운 부리로 쪼아대서가 아니다.
안개 수로에 갇혀버린 나무들, 그 아래 쌓인 잎들
마지막 가는 길에 하는 인사는 무엇일까.
부질없는 생각을 하다가
문득 권태와 허무에서 벗어나고 싶어진다.
내 다독임이 채 온기가 되지 못해
떠나는 것들한테 미안하다.
그중 몇몇은 향기로운 이와 동무할 것이다.
때로는 풀씨를 보듬고 잠잘 것이다.
비자 열매와 함께 비탈을 구를 것이다.
달려오는 바람, 어느 시인의 시처럼 차갑다.
가을 나무에 기대어 선 중얼거림
누가 들려준 경전일까, 낯설지 않다.

외로운 무논

써레질 끝난 무논에 바람이 차다.
들길을 걸어온 외로움
씨앗처럼 무논에 흘려보낸다.
생의 엄격함을 무장해제시킨 달과
바람이 흔들어 날아간 소문
별이 되어 무논에 박힌다.
떨리는 가슴에 찰랑이는 물처럼
충만함과 허전함이 교차한다.
묵혀 버린 논에서 흘러온 슬픔이다.
어젯밤에도 홀로 가신 위 논 할배의
환영이 무논 안으로 들어선다.
외로움보다 더 큰 황막함은
버려질 일만 남은 것이 아닐는지.
무논의 두려움이 골이 되어
일렁이는 못물에 감긴다.
모판을 가득 채운 소달구지
식은땀을 흘리며 축방을 내려온다.

아들의 집

참 한심한 놈!

혼자 사는 아들놈의 서울 집, 예고 없이 작심하고 찾아간다. 컴퓨터 앞에는 중국집, 분식 가게 전단지가 쌓여 있다. 방에서는 컵라면 그릇인 스티로폼, 생수와 음료수의 페트병, 빈 깡통 등이 손님을 맞는다. 베란다엔 피자 상자, 야식용 비닐봉지가 허물 벗은 채 시들어있다.

그러면 그렇지, 이놈의 자식!

슬리퍼를 신은 발로 방 안의 쓰레기들 사정없이 밟는다. 괴성을 지르며 빈 페트병들이 납작하게 쭈그러진다. 냉장고 속에 든 유통기한이 지난 빵과 과일, 반찬을 꺼낸다. 지난번에 왔을 때 먹다 남은 것들, 버리지 말고 꼭 먹으라고 몇 번이나 당부하고 갔는데…… 창틀에 쌓인 먼지를 닦고 청소기를 돌린다. 세탁기가 벌써 몇 번째 돌아가고 있다. 물 한잔 마시고 나니 허기가 진다.

먹을 게 없나. 쓰러지겠네!

싱크대 한쪽에 있는 햄을 찾아 단숨에 먹는다. 평소엔 느끼해 쳐다보지도 않던 음식이다. 욕실 청소는 내일 하자! 겨우 잠이 드나 했더니 아들이 들어온다. 미리 연락을 하고 오지! 투덜대는 아들은 오전 열한 시쯤 출근을 해 밤 열한 시쯤 퇴근을 한다. 아들이 씻는 동안 재빨리 바지락 국물에 호박 몇 조각을 넣어 끓인다,

너 오늘 죽는 줄 알아라!
잔뜩 벼르고 곁눈으로 노려본다. 식사가 끝나길 기다리는데 아들이 피식 웃으며 말한다. 바지락 국물에 청국장 코팅했네! 미소 작전에 넘어가면 안 되는데…… 뚝배기처럼 들끓던 분노 금세 어디로 갔나. 맛있게 먹는 저 녀석을! 어쩌나 쭈그러진 페트병들이 한숨을 내쉰다. 억울한 눈으로 나를 쳐다본다.

갱년기

베란다의 여러 화분에 물을 준다.
청소와 설거지를 마친 뒤
행주를 삶아 빨랫줄에 넌다.
젖은 앞치마의 끈을 푼다.
도마뱀의 꼬리를 자르는 것 같다
가족들에게 선택받지 못한
팔리지 않는 내 시집을 꺼내 든다.
냉장고 속 오래된 음식 같다.
몇 장을 넘기다 말고 덮어버린다.
다시 이어령 선생의 시집
『어느 무신론자의 기도』를 펼쳐 든다.
문득 눈가가 짜릿해진다.
밝은 햇볕 탓만은 아닐 게다.
일 년이 하루, 십 년이 일 년으로
와르르 밀려 나간다.
물 같은 속도로 떠내려가 버린 시간
나이 오십 넘어 수영, 조깅, 요가,
헬스, 에어로빅, 평생교육원 등등
중년 재개발구역 터널을 빠져나온다.
운동화 끈을 조이며 한마디 툭 던진다.

'그래도 나, 허버지게 외롭다!'
성큼 허공이 그 말 받아 적는다.

물에서 크는 나무

광주호 곁 호수생태원을 들어선다.
흰 마거리트꽃들 길을 열어주는데
달개비꽃들 보랏빛 향기로 어서 오라 한다.
노란 창포꽃에 앉은 나비가 날개를 펴고
다소곳이 길을 내며 날아간다.
스치던 바람이 멈춘 곳
연분홍 수련꽃들이 악보처럼 떠있다.
흔들리던 잎에서 물방울들이 구른다.
갈대밭을 지나니 큰 버드나무 길이다.
이 호수의 큰 어른들이시다.
버드나무 가지 위로 반짝이는 상념들
협주하듯 수수수 쏟아져 내리는데
그 화사한 것들, 다 만끽하지 못한다.
펄쩍 뛰어오르는 가물치 소리에
잠시 기분이 깨기도 하지만
이 달콤한 멜랑콜리를 어쩔 것인가,
호수에 잠겨있는 작은 나무를 바라본다.
물속에서 춤을 추는 거니, 발버둥을 치는 거니?
어찌 그리 해맑게 웃을 수 있니?
고해의 바다로 떠밀리며 사는 너의 자존은

무엇이니? 작은 나무가 내게 묻는다.
너와 나, 더는 응답이 없다. 서로의 질문은
바라보는 거리만큼 평평하다.
물에 비친 산 그림자가 가까이 밀려온다.
작은 나무의 지친 손을 꼭 잡아본다.

제2부

아말피*의 레몬

작은 버스가 절벽 위의 해안도로를 달린다.
비둘기 한 쌍이 좁은 굴뚝 사이를 통해
바위산 쪽으로 날아간다. 차창 밖
과수원의 레몬들이 환하게 밀려온다.
지중해에서 불어오는 싱그러운 바람
버스 안의 움츠린 마음 흔들어 깨운다.
한없이 기울어지다가 레몬 향기가 나는 여자에게,
엽서를 쓴다. 상큼하고 톡톡 튀면서도
배려 깊은 마음을 갖고 있는 여자,
노랗고 붉은 레몬을 닮은 여자,
멀리 있어도 미소 짓게 하는 여자,
이곳 탐스러운 레몬을 따서 보여 주고 싶다.
단침을 삼키고 또 삼켜도 가슴이 시려온다.
삐뚤삐뚤 휘어지는 엽서의 글자들……
들뜬 마음을 끝내 감추지 못해
엽서 쓰기를 그만둔다. 항암 치료를 받으러
서울행 기차를 타는 그녀가 눈에 어린다.
날아갔던 한 쌍의 비둘기가 다시 돌아오자
버스 안의 짧은 시간 여행도 끝난다.

* 아말피: 이태리 남부 해안 지역.

득량 바다

감자꽃 피는 회천 바닷가가 가까운 곳
칼바람 지나간 감자밭, 허공이 서늘하다.

피지 못한 감자꽃들이 문득 떠오른다.

오늘 다향제 학생 백일장에서 낙선된 시와
해, 달, 별, 이슬, 봄비, 찻잎의 시와

머리에서 잠자는, 애벌레 같은 내 시들……

따낸 감자꽃들이 절벽 아래 바다로 떨어진다.
피지 못한 꽃이라도 그저 고마울 뿐이라며

시의 바다가 드넓게 윤슬을 펼쳐 보인다.

득량만得糧灣 근처 밭이랑의 굵은 감자 씨알들
언젠간 우르르 쏟아져 내릴 날 믿기에

오늘은 보리수도 삼켰던 노을 울컥, 토한다.

우실 바다

뒤돌아 누우면 우거진 숲
매미 소리 찌르찌르 째째 들린다.
돌아 앞으로 누우면 바다
갈매기 끼루 끼루 끼루룩
너희들도 여기서 밤을 보냈구나.
낙숫물 털듯이 새벽잠을 털어
허물 벗는 비렁 길을 나선다.
천천히 떨어져 내리는 비
소스라치는 자귀꽃 낯 씻기고
접시꽃 볼때기 꼬집어본다.
산나리 등짝도 두들겨 세운다.
대문이 떨어져 나간 빈집 앞
보랏빛 수국꽃 활짝 피어
옛 주인 반기듯 길손을 맞는다.
금빛 자라를 잉태한 금오도
파도에 떠밀려 널브러진 쓰레기들
더는 갈 데가 없나 보다.
오도 가도 못하면 다 섬이다.
두고 온 섬인 집안 일 잊으려는데
누구를 향한 그리움인지,
오늘도 물안개 자욱이 떠오른다.

홍매의 봄

홍매를 보러 간다. 전남대학교 교정에 있는 대명매는 늘 지각하는 신입생이다. 볼이 발그레해져 달려와 화들짝 피어난다.

그녀는 어김없이 이 봄의 퀸이다. 올해도 겹겹 꽃송이로 단장하고 오가는 이들 걸음 멈추게 한다. 사진이라도 찍으려면 줄을 서 기다려야 한다.

황명*을 받들어 이곳에 온 지 400여 년, 왕조는 망했어도 스스로 꽃 피우며 잘 살고 있다. 지금의 화려한 치장은 향수병이 깊어서다.

화무십일홍花無十日紅이라고 했나. 그녀는 일 년에 한 번씩 열병 앓는다. 헛소리까지 하며 아무도 알아듣지 못하는 노래를 한다.

"니 하오! 지우 양!" 향기로 인사를 한다. 무심한 중국인 학생, 둘이서 이야기꽃 피우며 홍매를 지나친다. 홍매 한 가지가 휘청하자 찡그린 꽃잎, 더욱 붉어진다.

* 고부천 선생이 1621년 주문사 서장관으로 명나라 북경에 갔을 때 희종황제로부터 홍매 1분을 증정받았다. 이후 그분의 후손이 이 홍매화 한 뿌리를 전남대에 기증했다고 한다.

동천석실이 보이는 마을

산기슭을 오르내리는 새들, 바라본다.
오우가를 부르는 사람들, 바람처럼 오간다.
젊은이들 다 떠난 마을
나는 큰 나무 아래 눕는다.
산기슭 저쪽 동천석실
이제는 주인이 따로 없다.
아무 생각도 없이, 기다림도 없이
거추장스런 검은 옷들
모두 벗어도 좋다. 녹음이 짙은 고목들
동천석실에 바람 불면
가지마다 춤사위도 부드럽다.
쌍쌍이 새들 날아와 농을 치고 간다.
개울물이 바윗돌을 스치며
까르르 웃는다. 개울물들아.
너희도 수다를 떠니?
유모차를 밀고 오는 만남의 장소
개울가 바위에 앉아 영감 흉을 보던
두 할매가 자리를 털고 선다.
서로 등을 돌리고서는
각자 유모차를 밀고 간다.

동천석실이 보이는 마을엔 과속이 없다.
바퀴 따라 걷는 발걸음이 낙엽처럼 가볍다.

거위의 집

풀꽃들이 무리지어 피어난 들길이다.
가을 햇살을 움켜쥐고 있다.

가는 목 길게 빼고 서리 내린 길에 나앉아
노래 부르던, 소꿉친구를 생각한다.

송사리처럼 잡히지 않는 너
내 머릿속을 아직도 헤집고 다닌다.

가지 마라 여뀌가 눈길 주는데도
너는 출렁이는 그림자일 뿐이다.

까만 입술 나라로 떠난 친구 아빠……
해 질 녘, 친구 엄마는 해남 집에서 나온다.

그날 백지가 되어버린 머리로도
너는 여전히 거위의 꿈을 노래한다.

너의 노랫소리가 만드는 발자국을 밟고
나도 뒤뚱거리며 들길을 내려간다.

거위가 살고 있는 통나무집
해 지는 들길이 낯설게 술렁이고 있다.

갈참나무 스님

옷을 벗는다, 푸른 추억을 되새기며.
옷을 입는다, 고통을 물들이며.
어느새 봄이 가고 여름이 가고
다시 또 쉬어 가야 할 가을이다.
걸망을 메고 선 갈참나무 스님 한 분
바짝 마른 화두 하나 목에 걸고
자신을 거두고 있는 중이다.
내 것인 것들, 한때 내 것이었던 것들
비켜 가는지 바스락 소리를 내며 꿈틀거린다.
사랑이 간절할수록 누더기가 되는 옷
푸르게 드리웠던 날들이 멈칫거리게 한다.
마른 잎 하나 왜 놓을 수 없는지
더딘 발걸음으로 햇살이 다가와
그리움 물들인다. 어린 누이처럼
낮달이 스님 곁에 다가와 가지에 앉는다.
찢어진 걸망에서 도토리가 떨어져 내린다.
산비탈 뾰족한 바위 밑에 서서
한 해를 마무리하는 갈참나무 스님 한 분.

백일홍 길

처서 막 지난 남도 길, 벼 이삭이 하나씩 고개를 내민다.

고추잠자리가 유영을 즐기며 소리 없이 흐르는 강물을 바라본다.

출렁이는 물결이 또 하나 있다. 잘 닦인 도로 옆으로 백일홍 나무 꽃들이 춤을 춘다.

짙푸른 허공에 말문이 막혀도 타는 불볕에는 격렬함이 없다.

곱게 접힌 입술 같은 꽃들, 천둥이 쳐도 외면하지 않는다.

내 가슴속에서 키운 나비들, 꽃들 향해 날려 보낸다.

답답한 그것들, 몽상을 견디다가 내리쬐는 뙤약볕을 맘껏 즐긴다.

질주하는 자동차 안으로 잘린 풀 냄새가 야수처럼 들어온다.

백일홍, 길 따라 남으로, 남으로, 가을 제단으로 가는 긴 행렬이다.

점집 골목

점심 메뉴는 햇살 비빔밥이다.
남김없이 식사를 끝낸
골목이 미끄러지듯 제자리를 찾는다.
길게 출렁이며 하품을 하는 골목
낡은 안테나를 쫑긋 세운 뒤
불면의 주파수를 찾아 구름을 살핀다.
검은 정장의 고양이 한 마리
긴 꼬리 슬쩍 흔들며 등장한다.
카사노바 휘파람을 마술로 불러오니
당초무늬 치마를 걸친 능소화
담 밖으로 뾰족이 얼굴 내민다.
누구든 삼켜버릴 듯 두 눈빛, 애절하다.
'툭', 하니 풋감이 떨어진다.
오라는 비는 끝내 안 오고
점집 골목, 오늘의 운세 쪽으로
전봇대 그늘, 길게 드리우고 있다.

녹산 등대 가는 길

가까이 다가가면 등대가 자꾸 달아난다.
바다를 거슬러 벼랑 끝에서 머물고 있는 바람……
파도가 절벽을 타고 하얗게 부서진다.
'한때의 고립은 달콤한 휴식이야.'
'외로움은 때로 분노를 만들지.'
바람과 파도가 서로 말을 주고받는데
여름 햇살은 모르는 척 태연자약하다.
나무와 풀들도 아랑곳하지 않는다.
뜨거운 논쟁이 나와 무슨 상관이냐고.
구슬땀 흘리며 찾아가고 있는 녹산 등대
굽은 길에 들자 등대가 잽싸게 모습을 감춘다.
바람, 파도를 어깨에 가득 메고
태양까지 등에 진다. 태양보다는
등대의 빛이 되고 싶은 시인들,
그들의 노랫소리가 산등성이를 넘는다.
쪽빛 바다의 껍질을 벗기는 여름 햇살
쓰리고 아픈 등대의 붉은 목줄기가 보인다.

피아노 위의 악동樂童

껑충 뛰는 피아노
풀밭으로 내몰린다.
유리 벽 궁전 안에서
너는 웅크린 검은 짐승이다.
고슴도치로 변해 가는 너
나를 찌를 것만 같다.
야성의 절규를 짓밟아
건반을 사육하는
남자의 얼굴이 비틀린다.
피를 흘리며
너는 초원에 쓰러진다.
유목의 채찍은 필요 없다.
술병에 갇힌 노래
마지막 음표를 찾는다.
피아노 위의 남자
이국에서 불어오는 바람
향기의 근원이 짐작된다.
거미줄에 맺힌 이슬
떨어지는 음표들
남자가 건반을 두드린다.

초원에 출렁이는
달과 바람의 칸타타!

12월의 삽화

영화가 끝나 자리에서 일어서는데
스크린의 감동이 봄눈처럼 녹는다.
거세지 않으면서도 포근하다.
애써 감동을 감추려는 관객들과
하얀 숨을 내쉬는 나는 주인공이 아니다.

영화의 감동이 매화 송이로 피고
꽃잎들 후르르 날리는 그곳은 어딜까.

내가 만들 영화는 벽에 달라붙어
곧 떼어내야 할 달력 한 장뿐이다.

훌쩍 지나쳐버리고 말 12월 숫자들
몇몇이 꽃다발인 양 눈사람을 안고
극장 앞에서 나를 기다리고 서있다.

머지않아 잊혀 버릴 영화 속 행인들과
함께 먼 길을 떠나고 싶기 때문이다.

해묵은 삼백육십 일은 관객이 되고

나머지는 영화 속 주인공이라도 되어볼까.

클로징 크레딧이 빠르게 오른다,
눈물 젖은 사람들 얼굴까지 지워가면서.

백제 은잔

차를 끓여 제단에 올린다.
차향이 그리우면 그녀가 다시 올까.

멈춘 시간의 태엽 되감기면
그녀의 피 다시 붉어질까.

금강의 물줄기 불어나는데
곰나루 솔바람이 소소히 스치는데

쌍수정의 벗나무 꽃잎 떨리고
공산성 달무리는 커져만 간다.

의자에 앉아있는 그림 속의 여자
흰 그늘 옆, 고요히 서있는 사내
백제의 유민들 바라본다.

기품 있는 백제 왕비의 찻잔
목이 메어 바라보는데
은잔 속으로 떨어지는 보름달.

그녀의 꿈과 사랑으로 다시 떠오른다.
또 한 잔의 차를 올린다.

또 다른 시詩

모내기 끝난 들판에 비가 그친다.
물안개 피어오르듯 되살아나는 기억들
산등성이 타고 오른다.
바람이 불어오면 어디론가 흩어질 것들
한 아름 붙잡으니 시 한 편이다.
감성이란 바윗덩어리에 핀 기억들
회한의 시들, 그것이 전부라 여겼다.
지금까지는 그랬다. 그날 새벽이슬 맺게 한
첫 손녀 울음소리 듣기 전까지는
아침 해의 파장으로 가슴 환하게 한
그 애를 처음 안아보기 전까지는 그랬다.
새근대는 숨소리에 풀잎이 살랑이고
달보드레한 살에서는 목련꽃 향기가 난다.
내 몸 잠든 세포들이 깨어난다.
때죽나무꽃들이 때르르 터지면서
이제 내 품에 꼭 안겨 오는 시가 있다.
이 세상 어디에도 없는, 나의 또 다른 시.

염포 바다

바다가 하늘이고 하늘이 바다인 염포,
해수욕장에서는 들뜬 동심들 파도를 탄다.
모래도 아니고 잘 닦인 몽돌도 아니다.
소나무 그늘 드리워진 자갈밭
머물다 간 사람들 발자국을 찾을 수 없다.
나를 기다리던 흔적도 없다.
작열하는 한여름 햇살들
온통 바다로 몰려와 쏟아져 내린다
수많은 언어로 산란하는 바다를 바라본다.
'겁내지 마라 용기를 가져라.
일어나서 걸어라' 파도가 밀고 오는 소리들
나는 큰 소리로 반복한다.
먼바다의 풍랑경보는 언제 풀리려나.
여행은 다른 것을 보는 것이라는데
불편하게 사는 사람들, 배를 타러 간다.
어느 바다 섬 집에 데려다주려는지
나로항, 크고 작은 배들이 다시 기적을 울린다.
이런저런 호기심들, 내 눈에서 산란을 하고 있다.

구주령에서

햇무리 지며 오는 깊은 계곡 위로 우뚝 솟은 봉우리들 눈앞에 펼쳐진다.

그 모습이 구슬 9개를 꿰었다는 구주령 고개, 바라보면 턱 밑까지 숨이 벅차오른다.

익룡이 운무를 타고 저 멀리 날아 순간 회오리치는 바람, 머릿속이 하얗다.

저 산맥을 빠져나온 옥녀의 전설과 고개를 넘어 오가던 사람들의 이야기, 단풍 곱게 물든 산들이 보듬고 있다.

눈 아래 안개 걷히는 산봉우리, 골골이 이야기보따리에 줄과 줄을 묶는다.

옥바라지로 구주령을 넘고 또 넘은 어머니, 구순에 든 어머니도 이제는 말할 수 있다 한다.

나라를 구하겠다는 든든한 아들이 있었다고, 촛불 하나 켜놓고 이야기보따리를 풀고 있다.

대원사의 봄

꽃보다 마음이 앞서가는 대원사 벚나무 길
간다. 먼 산, 봄의 신령들 눈앞에서
아른거린다. 굳은 물집이 든
들과 느린 강, 아직도 늦겨울 바람
정성껏 보듬고 있다. 어느 바람이
핑계를 만들어 숨어 살고 있는 이곳에도
봄은 오는가 줄지어 선 벚나무들
훌쩍 키가 커 있다. 들키고 싶지 않은
온갖 아픔 견디며 걷는 길이다,
동자승처럼 참회의 빨간 모자를 쓰고.
이미 끊어진 줄을 잡고 있거늘
마음 가벼워질 수 있을까. 먼지가 될
일만 남은 낙엽 같은 것들
마음속에서 하나둘씩 떼어낸다.
아름드리 가지마다 벚꽃이 피는 날
이 길 가다 보면 아버지의 손을 잡고
먼 길 터벅터벅 걷고 있는 어린 내가 보인다.

제3부

중도방죽에서

보성 벌교의 중도방죽 길 걷는다. 차 향기 은은한 차꽃 피는 길, 어깨에 내려앉는 햇살 따사롭다.

금빛 바다려니 했는데 가까이 다가가 보니 갈대밭이다.

만개한 갈대꽃, 그 몸짓에는 뻘밭에서 뼈 빠지게 방죽을 쌓던 땀방울과 허기진 숨소리 깃들어 있다.

지금도 뻘밭 저편, 꼬막을 캐며 널배를 밀며 부르는 노랫소리 파도처럼 떠밀려 온다.

고단한 그들 곁에서 눈물 한 방울 흘리지 못하는 나의 시, 어디에 쓸까.

나비 날개에 빠져 고개를 돌리는 한심한 나의 시, 어디에 둘까.

갈대밭 한가운데 이마를 파묻고 소리 없이 느껴 우는데, 하늘을 뒤덮을 듯 퍼져가는 노을, 온 가슴 시리게 물들인다.

풀꽃 동산

일상이 꽉 차 여물기 시작하면
아파트는 나를 씨앗처럼 토해 낸다.
아파트 구석진 풀밭 위
사뿐히 내려앉는 나.
아무도 오지 않는 외진 이곳에서
오가지 못한 내 마음
촘촘한 거미줄에 매달린다.
처서를 나는 바람에
업혀 가는 일 고단하다.
가늘게 떨며 귀뚜라미 소리를 내는 바람이
뭉게구름 속으로 뛰어들다가 떨어진다.
더러는 소나기 소리를 내는 바람도 있다.
남겨진 바람은 기역, 니은, 디귿
에이, 비이, 씨이, 하다가 거미들에게 먹힌다.
이를 바라보는 풀꽃들은 무슨 말을 할까.
바람 줄에 낭창낭창 널뛰며
깔깔깔 내게 손을 내미는
저 풀꽃을 사랑하는 것은
내가 늙어가고 있다는 것일 게다.
자리를 털고 일어서는 내게

허리 굽혀 인사하는 풀꽃들
두 살배기 은서처럼 배시시 웃는다.
아파트 구석진 풀밭에도 가을이 오고 있다.

일생

손녀를 처음 품에 안던 날
내가 첫 아기를 낳고
친정에 갔을 때가 떠올랐다.
그날 어머니는 쌀과 미역을 소반에 올리고
밤늦도록 두 손을 비비며
아기의 명을 빌었다.
첫이레가 되던 날
떡시루 안 참기름 종지에서는
작은 불꽃이 피어올랐다.

아직도 그때의 어머니 모습과
마음 한쪽이 환해지는 작은 불꽃
잊을 수 없다. 마치 꿈속 같은
그때의 일들이 떠오르면
나는 마음속 옛집 마당에 들어서곤 한다.

노을이 지고 밤의 적막이
꿈틀거리기라도 하면
어머니와 그 어머니의 어머니……
오래된 기도가 내 안에서

여명처럼 번진다. 기도와 함께
강보를 꼭 여며 손녀를 품에 안는다.
손녀는 눈을 감은 채
살짝 웃어주고서는
새근새근 숨 쉬며 이내 잠든다.

백일홍 나무에게

너의 삶에 노래가 가득해
화사했던 나의 백일이 꿈만 같다.
열정은 고마움을 지우고
떠나는 그림자는 더 쓸쓸하다.
깊어진 한숨, 이유가 없어질 때
엊그제의 사랑도 옛일이다.
백일홍 나무, 너이기에 불타오른다.
너를 향한 노래를 부르다가
마른 꽃잎 허공에 날려 보낸다.
불신의 날들이 살갗을 파고들어
얇은 자존마저 껍질을 벗겨 낸다.
더디 가는 겨울 앞에서
눈도 귀도 잘라내 버린
너는 어느 종교의 순교자일까.
너의 열정은 깊은 바닷속을 밀항하는데
몇 겹의 옷을 감싸 입어도
부끄러운 것이 많은 나는
목울대가 갸릉거린다. 그저
찻주전자에 너의 백일을 우려 마신다.

대원사 벚꽃 길

겨울에서 봄으로, 그리움에서 설렘으로 눈물겨운 날이다.

비에 젖은 꽃잎들, 그만 길을 잃는다. 하고픈 말들도 거기 떠내려간다.

이름 없는 얼굴이 되어 그 길 천천히 걷다 보니 두 귀가 열린다.

뒤엉킨 속말들, 시원하게 풀리는 길, 지나간 것들은 모두 다 꽃이다.

대원사 벚꽃 길 저만큼에서 붉은 통모자 눌러쓴 예쁜 아이들이 몰려온다.

꽃으로 환생하고 있는 너도 보인다.

울릉도

뉴스 속보가 연일 터져 나온다. 놀라고 허둥대는 4월이 싫어 슬며시 달력을 넘긴다.

이런 속마음 감추고 나선 길, 동해는 쪽빛 가슴을 열어 여객선을 맞는다.

갈매기가 날고 있는 울릉도 도동항, 5월 신록으로 덮인 바위산들 뾰족하다.

배를 타고 온 소란한 일상을 부두에 맨다.

바쁜 걸음으로 흩어지는 사람들, 산자락에 조막조막한 집들이 나를 불러 세운다.

섬사람의 내력만큼이나 구불구불한 비탈길, 눈 내리는 날에도 바다에 간 아버지를 기다리다가 돌이 된 효녀는 오늘도 바다를 지켜본다.

바다는 길을 감추고 섬백리향이 길을 낸다. 명이밭의 고요를 깨며 장끼가 푸드득 날아간다.

부지깽이나물밭에서 마시는 호박막걸리가 쌉싸하다.

하늘 가까운 울릉도, 뜻 모를 운해가 삽시간에 나를 태우고 성인봉을 오른다.

명자나무 분재

햇볕 쨍한 베란다 창가에
명자나무 분재 한 그루
키 작은 명자 언니처럼 앉아있다.
양지바른 흙담 아래 주저앉아
명자 언니가 들려주던 귀신 이야기
떠올린다. 더디 가는 겨울
가마솥에 뜨거운 김 오를 때면
명자 언니 얼굴도 후끈 달아오르곤 했다.
커다란 양푼에 가득 담긴 뜨거운 팥죽
코흘리개 동생들 불러 먹이던 명자 언니
봄이 오면 소금꽃처럼
하얀 버짐이 피던 동생들 생각난다.
베란다 창가에 아른거리는
마음씨 고운 명자 언니
명자꽃 분재로 꽃망울 터트린다.

여유당에서

대문을 두드리는 봄바람 따라
나도 문안으로 발 들이민다.
뜰 안 나무들 아직 움츠리고 있다.
엷은 온기의 마루 턱에 걸터앉는다.
남쪽 소식을 기다리는 것도
햇차가 몹시 그리운 날도
오늘 같은 날이 아닐까.
뒤뜰에서는 솔바람 불어
찻주전자에 물김 서린다.
서책 넘기는 소리 멈춘다.
목민심서 경세유표 흠흠신서……
자꾸만 무너지는 현실이 안타깝다.
뜻을 나누는 묵향과
새롭게 소통하는 차향에
얼어버린 몸과 마음 풀렸을까.
살얼음 시냇물을 건너가듯
여유당을 빠져나오는데
낯익은 바람이 얼굴을 스친다.
뒤돌아서니 강진 구강포 바람
멀리서 날아온 매화 향기다.

문

진달래 동산에서 그녀를 처음 보았지,
갈래머리 소녀를. 커다란 눈망울
영국 인형처럼 깜빡였지.
눈물방울깨나 떨어뜨렸지.
전학과 퇴학의 굴레에서
비뚤어진 시선을 배웠지.
그나마 그것이 유일한 자유였지.
등에 새긴 메두사 문신
신전 앞에서 여신은 증오의 문을 열었지.
그녀의 어머니는 터져버린 창살로
찬바람을 막으며 시린 밤 하얗게 지샜지.
헝겊 조각에 솜을 넣어
통 바람을 막고 또 막았지.
허리뼈가 불거지도록 녹이 슨 기억
삯바느질을 하며 지워냈지.
이제는 그녀도 세 아이의 바람막이
이 나라의 어머니가 되었지.

별 따는 텃밭

막다른 골목 귀퉁이 무허가 단칸집이 있다. 뜨거운 여름밤이면 이 집 심장 터질 것만 같다.

맞은편 치킨집에서 나오는 튀김 냄새와 에어컨 열기 때문이다.

뼈만 남은 이 집 세간살이 그만 골목으로 와르르 쏟아질 것만 같다.

부채 하나로 더위를 견디는 집주인도 마찬가지로 쏟아질 것만 같다.

문을 열면 골목 텃밭이다. 4평 남짓한 할머니의 텃밭, 커다란 은행나무가 베어진 자리다.

집주인은 밤새 텃밭 앞 작은 나무 의자에 앉아있기도 한다.

고추, 가지, 호박, 오이…… 튼실한 아이들 같이 잘 자란다.

가장자리엔 피마자, 방앗잎, 깻잎, 채송화, 나팔꽃, 분꽃, 해바라기…… 가을에 피는 감국도 제법 잘 크고 있다.

꾸벅꾸벅 조는 할머니 텃밭에 별 하나가 한참을 머물다 간다.

어떤 비행

오리 떼가 물살을 가르며 지나간다.
가을 햇살이 빛나는 광주호와
새털구름을 품은 쪽빛 하늘, 서로 비켜 갈 수 없다.
서로를 확인하는 새의 지저귐과
꿩의 응답에 나도 몰래 집중한다.
호수 앞에 앉은 나, 갑자기 날아온 새 한 쌍
서로 뒤쫓으며 공중 유희를 한다.
빙그르 돌며 끌어안고 입맞춤하다가 날아간다.
은밀한 관찰자가 힘주어 셔터를 누른다.
마음 졸이며 사진을 확인한다.
찍힌 화면을 열자 불안이 환호로, 희열로 바뀐다.
찰나의 사랑! 다시 올까 기다리는 사랑,
눈부신 그 허공만 바라본다.
'너네 이별은 하지 마라!'
아쉬움을 털고 자리에서 일어선다.
멀리서 오리 떼가 되돌아온다.
길을 내며 힘찬 물살이 다가온다.

물 먹은 시

기차를 타고 긴 여행을 떠난다.
부모인 척, 스승인 척, 연인인 척, 친구인 척
사랑인 척, 신념인 척…… 척하는 시들

각각의 객차에 올라앉아 말이 없다.
어리석음, 비굴함, 오만함
터무니없음, 엉뚱함으로 배를 채우고 뒤뚱거린다.

다가오고 멀어지는 것들 속에서
조급한 것들은 익숙함을
떼려다 레일 위에서 터덕거린다.

가속의 시들이 앞으로 몰려든다.
질주를 견디지 못하는 객차는
척하는 것들과 철길 아래로 굴러떨어진다.

그렇게 강물에 빠져 허우적대다가
마침내 하마가 되어버린 시들
입을 크게 벌리며 겨루고 있다.

나의 상상 속에서 끝내 완성이 안 된 것들
스러지며 황홀하고, 다정해서 애잔하다.
그래도 척하는 시와 함께 행복한 여름이다.

은목서

섣달 초사흘 달이 구름을 비껴간다.
한밤인지 새벽인지 꿈길만 같다.
내딛는 발걸음 찬바람이 동행한다.
며칠 전, 먼 길을 떠난
형부의 안부라도 묻는지
아파트 화단의 나무들이 술렁인다.
은목서는 기다란 가지를 단음계로 늘리고
그 안에 서있는 나를 푹 감싸 준다.
형부 등에 업혔을 때의 따뜻함이 느껴진다.
초등학교에 다니던 여름이었다.
집을 나서면 바로 광주천이었다
술에 취해 귀가한 형부가
잠 깬 나를 업고 천변으로 가서
물에 빠뜨린다고 겁을 주며 달렸다.
그날도 밤하늘을 바라보며
꿈을 키우라던 로맨티시스트 형부
새삼 잊고 살았던 아늑한 그 울타리
은목서 달빛 그늘 안에서 주렴을 친다.
모두가 그대로인데 이별이 허전하다.
오늘도 밤은 청록색 불면을 마시고 있다.

나의 그늘

선뜻 찾아온 봄 마중 나가다
문지방에 발가락을 부딪쳤다.
붉은 피가 터진다.
뱀 허물처럼 피하고 싶었던
통증이 순식간에 밀려온다.
봄바람에 산불이 번져오듯
고통이 눈썹까지 차오른다.
천국과 지옥이 문지방 차이다.
낙엽이 부서지는 통증으로
오는 봄날이지만 어쩌겠는가.
촉촉이 적시지 못한 갈증
타다 남은 화마의 반점을 지운다.
눈가에는 눌어붙은 눈물의 흔적
거기 내 삶의 그늘이 있다.
봄날의 일상인들 달콤하기만 할까.
묵묵히 길을 가는데도
잊지 않고 찾아오는 봄날
화들짝 놀란 것은
아리고 그리운 것들이 있어서다.
연초록 그늘이 낙타처럼 일어선다.

명자나무

사방이 터져버린 봄날이다. 울타리에 숨은 소문이 꽃망울로 맺혀 되살아난다.

달밤이면 수없이 오가던 길 위에서 붉은 점자로 빛나는 것들, 입을 연다.

꽃샘추위 지나갔어도 그것들 껐다가 다시 켠 것이 몇 번인가.

서로를 기억하는 건 붉고 뜨겁던 입맞춤 때문이리.

하얗게 지샌 이야기로 밤은 지나갔지만 처음부터 너는 방랑자가 아니다.

가시로 쓴 편지에 눈서리가 쌓여도 봄이 오면 너는 다시 열꽃으로 떠다닌다.

드러난 소문으로 시린 꽃망울, 부푼 봄날이 한겨울보다 춥다.

폭염

사드 배치 확정이라고 긴급 문자가 달려온다. 한반도 여기저기서 온통 들끓어 오르기 시작한다.

한낮의 나른함을 즐기다가 자글자글한 소리들을 거두어 들인, 우리 집 베란다에 걸린 위시 벨!

중복, 말복을 견뎠는데 태풍도 견뎠는데, 때아닌 광풍을 피할 수 있을까. 바람의 세기를 본능적으로 측정한다.

사드 배치 찬반 논란으로 한창 뜨거워진 TV를 끈다. 무슨 선택을 하든지 용기와 거짓이 함께 간다. 목이 탄다.

한 손에 얼음물을 들고 잠든 아이에게 부채질을 해준다. 이 작은 평안이 영원하길 기도한다.

욕망의 바다

바다는 소리를 파묻는다.
"애들아 나와라, 바다에서."
높고 낭랑한 엄마의 목소리 아득해진다.
낮고 나직한 아빠의 목소리 아득해진다.
"구해 줄게, 가만있어라."
배 안 스피커에 그 말 흘려보낸
뻔뻔한 목소리만 어망을 탈출한다.
물고기처럼 배를 빠져나온다.

버스 타고, 지하철 타다
바다 보고 좋아 나팔을 불던 종혁
엉덩이 들썩이며 트롬본을 불던 은철
볼이 빵빵해져 튜바를 불던 유민……
이 아이들의 숨소리
그만 잠재운 이 누구인가.

침몰한 세월호, 바닷속 얼마나 갑갑할까.
바닷속 아이들은 찾아다닐까,
다 지워버린 뱃길의 흔적을
꼬리를 감추는 바다, 추악한 사람들

욕망을 거품으로 토해 낸다.
수많은 사람이 밀려오고 밀려가고
그 바다에서 누군가 또 밤을 새우고 있다.

제4부

유리잔도*의 꽃

바위산이 우뚝 솟아있다. 저 산은 어떻게 만들어졌을까.

깎아지른 절벽을 타고 흰 구름이 노닌다. 얼굴도 없고 이름도 없는 메아리만 협곡 사이로 울려 퍼진다.

과거와 현재를 끼워 맞추는 퍼즐 게임을 하며, 꿈인 듯 벼랑길을 걸어간다.

잠든 시인들의 시선을 따돌린 풀들이 바위틈에서 피고 진다.

화석에 묻힌 전설 하나, 아바타로 되살아났다는데, 그들이 부는 휘파람 소리, 금편계곡 물줄기 타고 토가족 마을로 달린다.

해넘이로 붉어진 몸, 유리잔도 위에 선다. 몸속 피가 떨리며 아찔하다.

무슨 바람 따라 이곳에 왔는지 외마디 소리로 피는 꽃이 보인다. 낯선 유리 벼랑에서 흔들리는 꽃!

* 유리잔도: 중국 장가계의 천문산에 있다. 길이가 60m, 폭 90cm로 1,400m 높이의 절벽에 설치된 유리로 된 길이다.

얼치고개 느티나무

얼치고개를 넘어 간 매서운 바람
울어면 상도에 몰아친다.
낙엽이 가파른 내리막길로 구른다.
그날 총소리에 흩어진 새들
혼령처럼 날아온다. 오늘 밤
제사가 열여섯 집이라는데
휴전, 냉전, 종전이 무슨 소용일까.
바람에 온몸 내맡기며
얼치고개 느티나무는 통곡한다.
날이 새면 여전히 아스라한 저 하늘
닿을 수 없는 마음 단풍으로 물들까.
동풍이 불면 서풍이 물러서고
남풍도 북풍도 아니거늘
바람 부는 대로 억새처럼
찢기고 피 흘리며 죽어간 사람들
얼치고개 느티나무는 끝내 그 모습
지우지 못한다. 해와 달이 지날 뿐
이제는 오가는 이 없는 얼치고개
제사상의 촛불이 꺼지면 빈집으로 남겠지.
밤새 붉은 강물만 위로하며

빈집의 마을을 돌겠지. 쇠등 같은
물줄기, 낙엽을 쓸며 흘러가고 있다.
겹겹이 산으로 둘러싸인
보성군 율어면 하도와 상도를
오가는 바람, 주릿재를 넘고 있다.

봄바람 따라 내 마음도

하늘도 마음 내려놓은 봄날
발 구르며 집을 나선다.
흙냄새 구수한 들판에 이르면
다가오는 바닷바람
휘파람 불다가 콧노래도 부른다.
새 떼들 날아간 나뭇가지 바라보다가
잠시 박자를 놓친다.
누굴 탓할까. 임진왜란 회오리바람을 뚫고
바다를 지키러 간 영웅,
그의 신념과 고귀한 행적을
뒤따라가는 길, 내가
이렇게 가벼울 수 있을까.
조선 수군을 폐하라는 선조의 명
열선루에 올라 장계를 쓰고
'금신전선 상유십이今臣戰船 尚有十二'라는 상소문 올리신 분
몸도 마음도 쓰라린 채
이 길 가셨다고 하는데
비통한 그 마음 짐작이나 할까.
온 힘을 다해 믿고 도와주던
민초들 있어 얼마나 다행이었을까.

편백 길 지나 고개를 넘으면
반드시 지켜내야 할 우리의 바다가 있다.
푸르고 아름다운 득량만
몽중산 전망대에서 봄바람 따라
내 마음 고요하기만 하다.

빚을 갚으러

그리스인들이 IMF로 힘들다 드라크마를 버리고 유로화를 택한 나라, 그들은 지금 어려움을 참기 힘들다

거리에는 시위하는 군중이 넘쳐 난다. 늘어진 허리띠 줄이기 어려운 건, 오랜 문화적 자긍심이 작용한 탓일까

찬란했던 고대 문화의 중심 아테네, 관광객들 모여들어 넋을 잃는데, 지금은 글로벌 산업화와 기술 경쟁에서 밀려나 있다

그리스 문화에 빚진 게 많다는 세계인들, 부드러운 바람과 따뜻한 햇살을 받으며, 아크로폴리스에 오른다

교과서에 나오는 파르테논신전은 유네스코 지정 세계 보물 제1호다

한때는 세계를 앞서간 그들, 거룩한 폐허에서 되살아나는 자긍심을 알 수 있을 것도 같다

빚 갚으러 왔노라! 신전 앞에서 도취된 나는 말을 잃었다.

말벌

배롱나무꽃에 벌 나비 날던 날
너는 내 콧잔등에 앉는다.
네 날갯짓 바람으로 내 이마 서늘하다.
머루알 빛깔로 짙어지는 눈가
네가 찾는 게 무엇인지,
눈 감은 나는 모른다.
절정을 치닫는 여름 한낮,
너를 여기로 끌고 온 건 내가 아니다.
달콤한 종이컵 속을 들여다보는 너
그곳은 알콜 40도의 바다다.
너를 위한 밥상 아니다.
끝내는 종이컵 속에서 허우적대는
몸부림을 보고야 만다. 내 손이 떨려
너를 끄집어낼 수 없다.
너를 위한 노래 부를 수도 없다.
알콜 40도의 아픔 때문에
마침내 껍질을 벗어버린 너,
알콜 40도의 바다에 장사 지낸다.
독한 사랑! 한 잔 올리고
남은 한 잔은 씁쓸한 내가 마신다.

장마 전

저녁 종소리, 구름 속으로 달아난다. 내 귓속에 살던 새마저 짧은 깃을 치며 날아간다.

어떤 소리도 들리지 않는다. 끌어안고 한 몸으로 살려 했는데 왜 모두들 떠나는 걸까.

내 안에 가득 차오는 흰 구름이 싫어졌을까.

어쩌자고 난 누마루에 앉아 상큼한 구름의 즙과 에너지만 받으며 살고 있을까.

검은 구름은 어디서 오나. 그 속에 담긴 눈물과 피와 땀, 몇 킬로그램이나 될까.

딴청을 부리며 마냥 행복해하던 조각구름이 눈물을 글썽인다.

알 수도 없고 소리칠 수도 없다. 하늘에서 천둥 번개가 꿈틀거린다.

입안이 마르고 눈이 **뻑뻑**하다. 잠을 깬 오후 4시, 주위가 점점 어두워진다.

제비꽃 하늘

꽃 피는 산과 들, 날쌘 제비 날아온다.
파도를 넘듯 제비꽃 피어있는
무덤 위 날아간다.
모여서 수다 떠는 여자애들처럼
다가가면 고개 숙이는 제비꽃
초등학교 다닐 때 기억이 떠오른다.
며칠 동안 내리던 비가 갠 오후
잠시 고요한 시골 언덕
꽃잎 날개 사뿐사뿐 흔들며
너는 허공 속, 구름처럼 떠있었다.
숨도 쉬지 않은 얼굴로.
너는 돌아오지 않았다.
올려다본 하늘은 기다림일까.
소꿉놀이하며 함께 보낸 시간
제비꽃 피는 언덕에서 나는
네게 줄 편지 종일 접었다 폈다가
해 질 녘 제비꽃 무덤 아래 묻었다.
그 앞 멈춘 발걸음
보랏빛 무지개로 떨어져 내리는 것들
눈물방울들……

줄 타는 여자

여자가 줄 위로 올라간다.
하늘 한번 올려다보고는
산을 하나 넘고
땅을 한번 내려다보고는
강을 하나 건넌다.
물에 빠져 허우적대다가
간신히 물 위를 걷는다.
돌부리에 부딪혀 미끄러지고
기적처럼 나무뿌리 붙잡고
일어설 때도 있다.
허공에 올라 그녀는 생각한다,
환호 소리를 듣는 날은
또 다른 도전의 시작이라고.
줄타기는 갈수록 힘 드는데
위험한 여행만 골라 다닌다.
웃던 얼굴이 생기를 잃어
언제까지 줄에서 버틸지 모른다.
줄 타는 그녀가 아슬아슬하다.

집시와 강아지풀

집시가 부르는 콧노래에 흘러가는 구름이 멈춘다. 이슬 이슬 풀밭이 젖는다.

꼬리털 가볍게 건드리자 소스라치는 강아지풀, 긴 목의 집시 여인이다.

솜털을 스치는 바람, 가녀린 슬픔을 쪼개 나눈다.

이별의 입맞춤은 하지 않는다.

플라멩코로 흔들리는 것들, 보사노바로 줄타기하는 것들, 저기 달빛 척척 감고 오는 탱고의 여인도 있다.

눈부신 손길 다 뿌리치고 먼 곳에서 온 이것들…… 풀밭에서는 떠나온 곳 묻지 않는다.

서로의 귀를 열어 리듬을 탄다. 흔들림을 흔들림으로 주고받는다.

귀를 찌르는 매미 소리 뒤로 나는 강아지풀과 함께 집시가 되어 가물거리는 흔들림을 키우고 있다.

촛불

겨울이 운다. 참 암담한 계절
언제 끝날까. 왜 차가운 바닷물이었냐고
그 이유를 묻는데, 모두들
모른다고 한다. 이 작은 촛불조차 따뜻하다고
아이들 하나둘 모여든다.
아이들 숨을 내쉬는지 출렁이는 촛불!
붙잡으면 그림자만 남는다.
너를 만지고, 껴안고, 얼마나 힘들었냐고
미안하다고, 말하고 싶은데
잠들지 못하는 이 기다림은
언제나 끝날까. 살아있는 내가
정말 부끄러워 광장의 촛불 앞에서 다짐한다,
세월이 가면 잊힐 이름이지만
봄이면 꼭 꽃으로 피어날 거라고
촛불 켜며 아이들 이름 꼭 부르리라고.

오월 두드러기

종다리가 빠르게 내 머리 위로 날아간다. 들녘을 지나 산 등성이 과수원 높이 오른다.

종다리는 알고 있을까, 뭉게구름 속으로 사라져간 5월 의 눈물과 노래.

그것들이 개복숭아나무의 보송보송한 두 뺨 스치고 간 것을……

해마다 과수원의 꽃들은 탐스럽게 피는데 세상은 마법의 속도에 열광한다.

들판의 흙 향기로운 날, 나는 내 머릿속 검불을 헤집고 쑥 대밭 옆 어느 잠든 이의 침실을 엿본다.

누군가의 애벌레가 된 그가 둥글게 등을 만다. 네가? 아 니 내가? 서로가 무서워 미안해진다.

오월이면 돋아나는 두드러기, 나는 거친 쑥 뿌리를 캔다. 아직도 푸르고 싱싱한 것들! 그날의 함성이 담긴다.

그것들 검은 비닐봉지에 가득 담겨 날아오른다. 푸른 허 공으로 재빨리 흩어져 간다.

왜

겨울 하늘의 슬픔이 깊어진다.
멀리 무등산은 아득한 잿빛이다.
비둘기 한 쌍이 허공을 가르며
아파트 사이로 빠져나간다.
빈 나뭇가지 끝이 떨린다.
참아온 울음이 눈보라로 몰아친다.
잠시 후 바라본 하늘
언제 그랬냐는 듯 흰 구름 띄운다.
산 아래 중앙난방 영세민 아파트
90°로 꺾이는 굴뚝 연기 토해 낸다.
내 눈 속에 들어와 머무는
이 세상 피어나는 것들 다 아프다.
이름 없는 풀꽃, 힘없이 말간 얼굴
미소 띤 그녀에게 화살을 겨누다니!
항암 치료를 끝내고 내려오는
SRT 기차 침대칸에 누운 그녀도
저 하늘 바라보고 있겠지.
구름 글자를 읽는다. 왜, 라고 하는
바람이 주고 간 그녀의 편지
그녀가 내게 보낸 한 글자, 왜? 왜? 왜?

퉁소 소리

진도 팽목항에 보름달 뜬다.
침몰한 세월호를 어루만지며
너울대는 파도가 그네를 뛴다.
돌아오지 않은 아이들
가족들의 신음 소리 파도에 휩쓸려
꺼이꺼이 흩어진다.
휘황한 불빛도 없는데
시작도 끝도 없는 바다
도대체 아이들을 어디로 데려간 걸까.
나는 사람의 퉁소 소리는 들어도
땅의 퉁소 소리 듣지 못했다.
너는 땅의 퉁소 소리는 들었어도
하늘의 퉁소 소리는 듣지 못했냐.*
온종일 변명만 늘어놓던 갈매기들
바지선 난간에 앉아 꾸벅꾸벅 졸고 있다.
등대는 그림자 길게 드리우는데
아이들의 숨결일까.
바닷속 퉁소 소리는 밤바람을 타고
보름달 속 아이들은 노를 젓는다.

* 장자에서 인유.

제니

초등학교 4학년 때였다. 시골 학교 관사에 살던 시절이었다. 오빠와 언니들은 광주에 있는 상급학교로 진학해 하나 둘씩 떠났다. 새벽부터 아버지와 싸운 엄마는 나와 막내 동생을 남겨 두고 가출했다. 관사에는 눈이 맑은 검정개 제니가 함께 살고 있었다. 막내 동생은 오늘도 관사 근처에 사는 남자애들과 대장 놀이 하며 산과 강으로 쏘다녔다. 나는 마당에 있는 솥 아궁이에 불을 피웠다. 혼자서 저녁밥을 했다. 밥하는 모습만 지켜보다가 처음 짓는 밥이었다. 매운 연기 때문에 눈물이 났다. 엄마는 끝내 막차에서도 내리지 않았다. 동생은 저녁밥을 먹자마자 곯아떨어져 잠들었다. 우는 것보다는 나았다. 잘 자는 동생이 부러웠다. 여름방학이 시작되어 텅 빈 학교는 어둠에 묻혔다. 성냥불을 켤 때마다 별이 솟았다. 뒤 담장으로 검은 그림자가 넘어올 것만 같았다. 아버지는 늦도록 어디서 술을 마시고 계실까. 무서워 마루에 엎드려 토방에 웅크리고 있는 제니의 머리를 쓰다듬었다. 아버지를 찾으러 신작로로 나갔다. 냇가 근처에 있는 주막집에서 큰 소리가 들렸다. 걸음을 멈추고 쭈그려 앉았다. 아버지가 걱정되었다. 꼬리를 흔드는 제니를 끌어안고, 길모퉁이에서 울었다. 그해가 가고 제니는 몇 번인가 새끼를 낳았다. 초등학교 마지막 방학을 할 무렵이었다.

쥐 잡는 날이었다. 들에서 돌아온 제니가 가쁜 숨을 헉헉대며 마당을 뛰어다녔다. 나를 바라보는 눈에는 울음이 가득했다. 제니의 죽음 앞에서 나는 처음으로 기도했다. 소사 아저씨의 어깨에 들린 제니의 다리가 축 늘어졌다. 한동안 먼 하늘만 쳐다보았다. 제니가 나보다 먼저 관사를 떠났다.

폭설의 아침

　그 겨울 미루나무 끝 낮달이 등불을 켠다 찬 하늘 잔별들이 설움처럼 돋아나는 밤이다. 할머니가 또 꿈을 꾼다.
　첫사랑이 징용으로 끌려가던 새벽에도 싸락눈 내렸다 뒤이어 할머니도 근로정신대에 끌려갔다
　군수공장에서 밤새 재봉틀 돌리며 살던 세월 지울 수 없다.
　할머니의 꿈속에서는 아직도 노루발이 달린다 살아서 돌아오겠다고 맹세하던 언덕에서는 몇 년이 지났는데도 뻐꾹새 운다.
　수레바퀴 멈춘 그 자리, 선홍빛 애기단풍잎 하나가 눈에 덮여 있다. 그 위로 떨어진 눈물 몇 해인지, 풍경만큼이나 아픔으로 깨는 아침이 시리게 맑은데……

　2010년 새해가 밝는다 한반도에 쏟아진 백 년 만의 폭설만큼이나 할머니 억장 가슴이 무너진다 후생연금 탈퇴수당이 구십구 엔이라는 일본 정부의 발표……
　그날 이후 할머니는 하얗게 밤을 지새운다. 망언으로 들끓는 한반도, 백 년 만의 폭설이 내리면 식을까. 할머니의 앙가슴이 거듭되는 망언으로 삭아 내린다.

행복나무

행복나무가 몸살을 앓고 있다.
열꽃 입은 잎사귀들 맥이 빠진다.
밤의 줄기를 자른다.
진한 슬픔이 젤리처럼 엉긴다.
남은 줄기들이 잔기침을 한다.
우린 지금 어디로 가는 거야.
금이 간 화분에서
누런 물이 흐른다.
행복은 일상이 아니야.
힘들면 기대보렴.
잎이 없는 내 어깨라도 내어줄게.
분갈이를 해주고,
영양제를 꽂아준다.
병든 잎사귀에 맺힌
진물을 닦아낸다.
함께할 수 있는 남은 시간을 위하여
부채 바람 넣어준다. 그래, 그렇게
풀꽃처럼 해맑게 흔들려 보려무나.

해 설

아득한 자아로부터 울려 퍼지는 존재의 선율

이송희(시인, 문학박사)

1. 아득하고 쓸쓸한 순례

2008년 『시와 상상』에 시가, 2010년 《영주일보》 신춘문예에 시조가 당선되어 문단에 나온 이후 『맨드라미 꽃눈』(푸른사상, 2012)이라는 시집을 상재하고도 8년이라는 꽤 긴 시간을 보낸 김화정 시인. 그는 "부질없는 생각을 하다가/ 문득 권태와 허무에서 벗어나고 싶어"(「가을 나무에 기대어」)질 때면 제 몸의 잠든 세포들을 깨워 "때죽나무꽃들이 때르르 터지"는 길을 걷곤 한다. 그동안 시인은 자신도 모르게 "몸에 꼭 안겨 오는 시"(「또 다른 시詩」)를 앓으며 "혼자 수없이 밀어올린" 꽃으로, "자욱이 떠오"르는 "안개"로 자연스럽게 스며드는 것들을 품고 있었으리라. 그에게 시는 손녀와 함께 "책상에 앉아 시 그림자를 찾"(「손녀와 함께」)아가는 과정에서도, "하마가 되어버린 시들"(「물 먹은 시」)을 바라볼 수밖에 없는 날렵한 상상과 공상 속에서도 경계를 허문다. 그런가 하면 "바람과 파도가 서로 말을 주고받는"(「녹산 등대 가는 길」) 가운데 끼어들어 존재감을 드러내며 스스로를 알리기도 하고, 「얼치고개 느티나무」에서처럼 여순사건의 희생자들의 억울한 통곡 소리를 듣기도 한다.

이처럼 김화정 시인의 이번 시집 『물에서 크는 나무』에는 진달래 동산에, 백일홍이 흐드러진 길 위에, 손녀와 함께한 시간 속에 항상 깃들어 있으면서도 이들과 분리된 듯 외롭고 쓸쓸한 화자의 담론이 펼쳐진다. 그것은 '가까이 가도 등대가 자꾸만 멀어지고'(「녹산 등대 가는 길」), '피하고 싶은 뱀 허물을 본 것처럼' 순식간에 올라오는 통증을 어찌하지 못한 까닭이다. 잊지 않고 찾아오는 "아리고 그리운 것들"(「나의 그늘」)을 품고 떠오르는 것들을 내면화하며 시를 쓰는 존재가 시인이 아니던가. 김화정 시인은 떠도는 그리움을 품으면서 "줄 타는 여자"의 아스라한 곡예처럼 살아남고자 하는 욕망과 자존 회복의 의지로 충만하다. 그것은 "먼지가 될/ 일만 남은 낙엽 같은 것들"을 "마음속에서 하나둘씩 떼어"(「대원사의 봄」)내는 행위와 "집에서 죽음이나 기다리고 있는" 나를 "불현듯 참을 수 없"어 "대문을 밀치고 나가 무작정 걷는"(「순례」) 행위로 드러난다.

그렇기에 김화정 시에 등장하는 시적 화자들은 생활 속에서 잃어버린 자신을 만나기 위해 더더욱 순례의 길과 같은 아득하고 쓸쓸한 길을 떠나려고 한다. 그러나 어디론가 떠나고 싶은 날에도 쉽게 떠나지 못한다. "나의 그늘"에 기댄 여럿의 존재들이 "끈으로 연결된 우리"(「끈」)라는 것을 알기 때문이다. '나'이면서 '우리'인 존재들의 관계망을 확인하는 과정 속에서 시적 화자는 존재를 더듬어 스스로를 대면한다.

2. 끈, 이음과 진혼의 미학

　　2살 된 손녀가 끈을 좋아한다.
　　가죽 허리끈이든 포대기 끈이든
　　끈을 보면 내게 한쪽 끝을 내민다.
　　끈으로 연결된 우리
　　종종걸음으로 따라오는 병아리와
　　한눈을 팔며 해찰하는 어미 닭 같다.
　　거실에서 뱅뱅 돌다가 안방으로,
　　부엌에서 베란다로,
　　집 안 곳곳을 돌아다닌다.
　　무엇이 그리 재미있는지,
　　끈을 당기면 더 좋아라 웃는다.
　　끈을 놓으면 이별이라도 할까 싶어
　　초롱한 눈에 눈물이 고인다.
　　엄마 배 속에서도 탯줄을 잡고 놀았겠지.
　　아니 그 이전에 어느 별의 끈을 잡고

지상으로 내려왔겠지,

아주 튼튼한 끈을 꼭 잡고.

이런저런 생각을 하다 보니

갑자기 내 머리에 전깃불이 확 켜진다.

내 몸의 피가 빠르게 돈다.

손녀의 두 눈이 빛난다.

별들이 내 어깨 위로 쏟아지더니

그중 제일 예쁜 별, 품에 꼭 안긴다.

—「끈」 전문

우주를 설명하는 이론 중에 초끈이론이 있다. 초끈이론은 열려 있는 끈으로 모든 존재가 유기적으로 연결되어 있다는 것을 말한다. 온전하게 독립적으로 개체화된 존재는 없다는 뜻이다. 즉, 우주를 구성하는 최소 단위를 끊임없이 진동하는 끈으로 보고 우주와 자연의 궁극적인 원리를 밝히려는 이론이다. 초끈이론은 1970년대 초 등장하기 시작해, 1980년대 미국의 이론물리학자 J. 슈워츠와 영국의 M. 그린이 본격적으로 연구했다. 우주 전체의 모습을 거시적 연속성으로 보는 상대성이론으로는 불확정성원리에 의해 움직이는 미시적인 세계를 설명할 수 없었던 것을 초끈이론은 해결한다.

인체의 장기가 서로서로 긴밀하게 연결되어 있듯이 우리 존재는 촘촘하지만 거대한 끈으로 연결되어 있다. 그 끈을 지탱하는 것은 생명을 유지하고 보호하는 '사랑'이다. 사랑이 끊어지면 우리도 고립되어서 끝난다. 탯줄을 통해서 아이가 세상에 나오고 아이가 사랑의 끈을 통해 생명을 유지하듯이 말이다. 아이가 태어나 탯줄이 잘리면서 엄마와의 관계성에서 단절을 경험함으로써 아이는 두려움과 공포를 느낀다. 자궁(양수) 속의 온도와 외부 온도 차이에서 오는 충격과 불안에서 울기도 하지만 한편으로는 엄마와 나의 관계를 맺어주는 탯줄이 끊김으로써 불안과 공포심에 울기도 한다. 시에서도 두 살 된 손녀는 끈을 놓고 싶어 하지 않는다. 아이는 "끈을 당기면 더 좋아라 웃"고 "끈을 놓으면 이별이라도 할까 싶어" 눈물을 머금는다. 아이는 어떻게든 끈을 통해 함께하고 싶어 한다. "아주 튼튼한 끈을 꼭 잡고" 서로와의 관계를 이어가고 싶은 그 마음을 잘 보여 주고 있다. 김화정 시인의 시 세계는 이처럼 끈으로 이어진 존재의 유기적인 관계에 대해 이야기하는 것으로 시문을 연다.

무논에 꽃분홍 둥지를 튼 자운영
너의 향기로 잠을 깬 아침이 몇 날일까.
푸른 작두날이 달린 트랙터가
땅을 갈아엎는다. 비명도 지르지 못하는
자운영꽃들 땅속에 묻힌다.
한나절 무논의 꿈도 짓밟힌다.
봄날은 늘 잔인하다.
모가 아니면 뿌리째 뽑히는
독선을 받아들여야 한다.

텅 빈 교회당 같이 허허로운

무논은 기도만 할 뿐 속수무책이다.

칼금이 진 가슴에 새파란 모가 꽂힌다.

아득한 지평선은 하루가 취해 가고

자운영 물결치는 저곳은 노을이 아니다.

무논은 새가 되어 날아가고 싶다.

그런 밤에는 어김없이 별들이 내려와

개구리 떼처럼 울어댄다.

욱신거리는 무논의 가슴

어린 모도 곧추서서 잔뿌리를 내린다.

—「쓸쓸한 무논」 전문

왜 시인은 무논이 쓸쓸하다고 표현했을까? 새 모를 받아
들이기 위해서는 "꽃분홍 둥지를 튼 자운영"을 땅속에 묻어
야 한다. 물이 차있는 논 위에 모가 가득 채워지는데 화자
가 슬픈 이유는 여기에 있다. 무논을 한번 갈아엎기 위해서
는 볏모가 아닌 것은 배제될 수밖에 없다. 오로지 모를 살
리기 위해 다른 대상을 푸른 작두날로 제거하는 과정의 묘
사를 통해 무언가 하나를 얻기 위해서는 하나를 내줘야 한
다는 세상의 이치를 새삼 느끼게 한다. 무덤 위에서 새 생
명이 태어나는 것처럼 누군가의 희생 위에 새 삶이 있는 것
이다. 그러므로 '나'라는 존재는 철저하게 자유로울 수 없
다. 왜냐하면 모든 것은 「끈」처럼 서로 이어져 있기 때문이
다. 그러기에 우리는 너무 슬퍼하거나 기뻐할 필요도 없다.

잔인한 악몽 속에서 새로운 희망이 싹튼다. 우리는 늘 행복할 수만도 없고 불행할 수만도 없다. 행복과 불행이 항상 같이 있으니, 오가는 인연에 일희일비—喜—悲할 필요가 없다는 이야기다.

베란다의 여러 화분에 물을 준다.
청소와 설거지를 마친 뒤
행주를 삶아 빨랫줄에 넌다.
젖은 앞치마의 끈을 푼다.
도마뱀의 꼬리를 자르는 것 같다
가족들에게 선택받지 못한
팔리지 않는 내 시집을 꺼내 든다.
냉장고 속 오래된 음식 같다.
몇 장을 넘기다 말고 덮어버린다.
다시 이어령 선생의 시집
『어느 무신론자의 기도』를 펼쳐 든다.
문득 눈가가 짜릿해진다.
밝은 햇볕 탓만은 아닐 게다.
일 년이 하루, 십 년이 일 년으로
와르르 밀려 나간다.
물 같은 속도로 떠내려가 버린 시간
나이 오십 넘어 수영, 조깅, 요가,
헬스, 에어로빅, 평생교육원 등등
중년 재개발구역 터널을 빠져나온다.

운동화 끈을 조이며 한마디 툭 던진다.

'그래도 나, 허버지게 외롭다!'

성큼 허공이 그 말 받아 적는다.

—「갱년기」전문

어느덧 화자는 갱년기에 접어든다. 갱년기란 세월의 흐름에 따라 불가피하게 찾아오는 심신의 장애나 기능저하가 나타나는 시기다. 그 누구도 쉽게 이 상황을 받아들이지 못하고 쉽게 지나가지 못한다. 몸이 예전처럼 말을 듣지 않기 때문이다. 그래서 예전처럼 제대로 기능하고 작동하던 몸의 기능을 회복하기 위해 노력하지만, 이렇게 젊고 건강한 몸을 찾으려는 노력이나 의지조차도 스스로를 외롭게 만든다. 외로움은 효능감이나 유대감이 떨어질 때 온다. 효능감과 유대감의 저하는 자신이 가정이나 사회를 위해 아무것도 할 수 없다고 생각하며, 그저 그들에게 짐만 된다고 여겨질 때 찾아온다. 그런데 갱년기가 찾아오면 가정이나 사회를 위해 할 수 있는 것이 아무것도 없다는 좌절감을 갖기 쉽다.

"화분에 물을" 주고 "젖은 앞치마의 끈을" 푸는 일상이 거듭 반복될수록 갱년기는 더 깊어진다. 더구나 "가족들에게 선택받지 못한" 음식처럼 팔리지 않은 시집을 꺼내 넘길 때면 더욱더 자존감은 바닥을 친다. 견딜 수 없는 속도로 "떠내려가 버린 시간"은 오지 않고 이 같은 일상의 반복이 가져온 건 오십이 넘은 중년의 나이. 이제 화자는 수영과 에어로빅 등을 하며 "중년 재개발구역 터널을 빠져나"간다. 그래도 어쩔 수 없는 건 "허버지게 외"로운 마음이다. 시인은 중년 여자의 갱년기를 지나며 그동안 돌아보지 못한 자신을 성찰하며, 스스로가 존재해야 할 이유를 찾아가는, 진정한 자아 찾기의 과정을 보여 주려 한 것이 아니었을까. 그것이 순례를 하는 이유가 되었을까?

아프리카 코끼리 떼가 강을 건너온다.
바람에 실려 온 물의 향기
할머니 코끼리 메사는 기억을 더듬는다.
건기의 초원을 지나가는
대를 물려온 모험의 길이다.
모래밭에 백골이 누워있다.
작년에 병으로 죽은 그녀의 친구다.
여섯 달이 된 아기 코끼리 테사는
굶주린 사자 떼에 쫓기다
코와 꼬리가 잘린 채 걷고 있다.
목적지에 도착한 테사와 그의 친구들이
살아 다행이란 듯 얼굴을 비빈다.
서로 올라타며 장난을 친다.
그 모습 지켜보며 할머니 코끼리 메사는
서녘 해를 보며 기도를 한다.
때가 되면 되돌아갈 초원이 궁금하다.
훌쩍 큰 테사가 할머니를 지켜줄 것이다
모험의 길로 나선 적이 없는 나는

집에서 죽음이나 기다리고 있는 걸까.

이런 내가 불현듯 참을 수 없다.

대문을 밀치고 나가 무작정 걷는다.

—「순례」전문

순례는 고행을 통해 자기가 나아가야 할 길을 깨닫고, 자기 자신에 대해 발견해 가는 길이다. 이 시에서는 거부할 수 없는, 삶의 애착을 위해 고난의 행군 과정을 노래한다. 거부하면 혼자 남겨진 집에서 쓸쓸하게 죽음을 기다려야 할지도 모를 일이다. "모험의 길로 나선 적이 없는" 나에게 어떤 위험이 기다리고 있더라도 나가서 이 모든 역경과 시련을 극복하면서 살아남기만을 바라는 의지를 표현한다. 스스로를 가두거나 안으로 움츠려있지 않고 밖으로 나가서 떳떳하게 자신의 모습을 드러내야 한다. 코끼리 떼는 자신이 죽을 수도 다칠 수도 있다는 것을 알면서도 강을 건너는데, '나'는 방 안에 홀로 있다가 죽고 싶지는 않으니 무작정 나가는 것 아닌가. 코끼리는 유대감이 강한 동물이다. 그리고 동료의 죽음을 인지한다. 코끼리는 이동하다가 코끼리 사체를 발견하면 애도를 하거나 사체를 덮어주는 등 죽은 동료에 대한 예의를 표한다. 슬픈 곡조를 하며 진혼곡 같은 소리를 내고 가면서 지속적인 순례 길을 이어간다. "대를 물려온 모험의 길"을 나서는 코끼리 떼를 보며, 모험 한번 한 적이 없는 자신의 행보를 반성하고 성찰하는 존재의 비의를 담고 있다.

3. 채워지기 위하여 비우기

옷을 벗는다, 푸른 추억을 되새기며.
옷을 입는다, 고통을 물들이며.
어느새 봄이 가고 여름이 가고
다시 또 쉬어 가야 할 가을이다.
걸망을 메고 선 갈참나무 스님 한 분
바짝 마른 화두 하나 목에 걸고
자신을 거두고 있는 중이다.
내 것인 것들, 한때 내 것이었던 것들
비켜 가는지 바스락 소리를 내며 꿈틀거린다.
사랑이 간절할수록 누더기가 되는 옷
푸르게 드리웠던 날들이 멈칫거리게 한다.
마른 잎 하나 왜 놓을 수 없는지
더딘 발걸음으로 햇살이 다가와
그리움 물들인다. 어린 누이처럼
낮달이 스님 곁에 다가와 가지에 앉는다.
찢어진 걸망에서 도토리가 떨어져 내린다.
산비탈 뾰족한 바위 밑에 서서
한 해를 마무리하는 갈참나무 스님 한 분.

—「갈참나무 스님」 전문

봄여름에 나무들은 내면에 잠재되어 있는 것들을 밖으로 끄집어내어 스스로 더욱 풍성해지는 시기다. 새싹이 돋고 잎사귀도 커지면서 나무가 풍성해지는 반면, 가을·겨울이 되면 잎사귀와 열매도 떨어지면서 갖고 있던 것들을 내려놓아야 한다. 지난날 풍성하던 잎과 열매의 시간을 쉽게 내려놓지 못하는 미련 가득한 마음을 보여 주고 있는 시다. 그런데 이 모든 것들은 애초부터 내 것이라고 할 수 없으므로 다 내려놓아야 한다. 인연 따라 오가는 것을 내 것이라고 할 수 없기 때문이다. 내 것이라 생각하니 내려놓으려는 순간 고통이 온다. 애초 내 것이 아니었음을 깨달으면 되는 것이다.

인다라망(Indra網)은 제석帝釋이 살고 있는 궁전을 덮고 있는 거대한 그물로, 마디마디에 달려있는 무수한 보배 구슬이 빛의 반사로 서로가 서로를 반사하는 장엄한 세계를 비유하는 말이다. 말하자면, 서로가 유기적으로 연결되어 있긴 하지만 그 누구도 서로의 소유가 될 수 없음을 의미한다. 나와 너는 상호 의존적이기 때문에 이것을 소유의 개념으로는 이해하거나 설명할 수 없다. 그것은 공생과 상생의 개념이긴 하지만 소유의 개념은 아니기 때문이다. 때가 되면 헤어지게 되는 것이고 때가 되면 싫든 좋든 만나게 되는 법이다. 이 시는 원래 내 것이 아니었던 것들을 내려놓아야 한다는 방하착放下着의 미학을 견지하면서 그것에 관해 미련을 갖지 말라는 이야기를 나누고 있는 듯하다. 갈참나무를 스님이라고 비유하며 "내 것인 것들, 한때 내 것이었던 것들"을 내려놓는 과정 속에서 겪는 갈등과 미련, 그리움의 정서들을 하나하나 끌어 모으는 중이다.

기차를 타고 긴 여행을 떠난다.
부모인 척, 스승인 척, 연인인 척, 친구인 척
사랑인 척, 신념인 척…… 척하는 시들

각각의 객차에 올라앉아 말이 없다.
어리석음, 비굴함, 오만함
터무니없음, 엉뚱함으로 배를 채우고 뒤뚱거린다.

다가오고 멀어지는 것들 속에서
조급한 것들은 익숙함을
떼려다 레일 위에서 터덕거린다.

가속의 시들이 앞으로 몰려든다.
질주를 견디지 못하는 객차는
척하는 것들과 철길 아래로 굴러떨어진다.

그렇게 강물에 빠져 허우적대다가
마침내 하마가 되어버린 시들
입을 크게 벌리며 겨루고 있다.

나의 상상 속에서 끝내 완성이 안 된 것들
스러지며 황홀하고, 다정해서 애잔하다.
그래도 척하는 시와 함께 행복한 여름이다.

—「물 먹은 시」 전문

화자는 시 쓰는 행위를 기차를 타고 떠나는 긴 여행에 빗대어 표현하면서 그동안 고민했던 것들을 털어놓는다. 부모인 척 스승인 척 연인인 척 친구인 척 사랑인 척 신념인 척 하던 시들은 "각각의 객차에 올라앉아 말이 없다". 강력한 신념이 될 수 있는데 이런 모습 자체가 비굴함과 어리석음과 엉뚱함으로 배를 채우고 뒤뚱거린다고 말한다. "가속의 시들이 앞으로 몰려"들자 "질주를 견디지 못"한 객차는 "척하는 것들과 철길 아래로 굴러떨어"지고 만다. 화자는 기차가 레일 아래로 떨어지고 강물에 빠져 허우적대다 마침내 시가 하마가 되어버렸다는 상상을 펼친다. 하마가 척하는 시들을 다 집어 먹었다는 자조와 환상을 언급한 것이 아닐까. 결국 시가 하마에게 먹혔다는 이야기다. 여기서 시는 화자에게 꿈이고 이상 세계이며, 하마는 극복하기 어렵고 견뎌내야 하는 현실을 표상한다. 그 현실 앞에서 시는 먹잇감이 되었다는 의미가 된다. 시는 화자를 위로해 주고 숨통을 트이게 하는 유일한 탈출구이다. 마치 치유와 회복의 수단 같은 것일 수 있지만 우리는 하마 같은 현실을 벗어날 수 없다. 비록 현실에 먹히는 척하는 시들이었지만 이를 통해 살아가는 힘을 얻는다. 그런 점에서 화자에게 기차는 삶이며, 하마는 대적할 수 없는 강력한 외부 현실을 비유한 것이다. 그런 하마가 입을 크게 벌리고 겨루고 있는 가운데 화자는 "척하는 시와 함께 행복한 여름"을 보낸다. 시인으로서 부끄러운 자기반성이며 좋은 시를 쓰기 위한 성찰의 과정을 환상적인 묘사와 상상적 표현으로 끌어안고 있는 작품이다.

선뜻 찾아온 봄 마중 나가다
문지방에 발가락을 부딪쳤다.
붉은 피가 터진다.
뱀 허물처럼 피하고 싶었던
통증이 순식간에 밀려온다.
봄바람에 산불이 번져오듯
고통이 눈썹까지 차오른다.
천국과 지옥이 문지방 차이다.
낙엽이 부서지는 통증으로
오는 봄날이지만 어쩌겠는가.
촉촉이 적시지 못한 갈증
타다 남은 화마의 반점을 지운다.
눈가에는 눌어붙은 눈물의 흔적
거기 내 삶의 그늘이 있다.
봄날의 일상인들 달콤하기만 할까.
묵묵히 길을 가는데도
잊지 않고 찾아오는 봄날
화들짝 놀란 것은
아리고 그리운 것들이 있어서다.
연초록 그늘이 낙타처럼 일어선다.

—「나의 그늘」 전문

봄은 새싹이 돋고 꽃이 피는, 밝고 희망찬 기운이 가득한
계절이다. 그런데 볕이 밝으면 그늘도 짙어지는 법이다. 화

자는 외부 현실과 자신의 처지가 다르다는 인식 가운데 서서 자신의 짙어가는 그늘을 본다. 세상은 밝고 희망찬 모습으로 가득 차있지만 화자에겐 아직도 씻지 못한 눈물과 상처가 있다. "눈가에는 눌어붙은 눈물의 흔적" "촉촉이 적시지 못한 갈증", 아리고 "그리운 것들"이 있어서 화자는 화들짝 놀란다. 회한의 눈물인지 상처의 눈물인지 모를 눈물이며 뭔가 충족되지 않은 열망과 애타는 그리움에 생긴 갈증일 수도 있다. 화자는 여전히 하고자 하는 바가 있어도 이루지 못하는 것이 있다. 봄이 되니 갈증도 심해지고 눈물도 나고 아리고 그리운 것들이 깨어나니 자라나는 새싹처럼 자신의 "그늘이 낙타처럼 일어"서는 것 같다. 볕과 그늘은 함께 존재하는 것임을 알기에 화자는 희망 가득한 봄이 되어 자신의 그늘이 깊어지는 상황을 바라보고 있는 것이다. 화자에게 "봄날의 일상인들 달콤하"지만은 않은 것은 여전히 "아리고 그리운 것들"이 있어서다. 이 "아리고 그리운 것들"을 품고 화자는 "서로의 빛이"(「겨울 그림자」) 되는 풍경을 거닌다.

여자가 줄 위로 올라간다.
하늘 한번 올려다보고는
산을 하나 넘고
땅을 한번 내려다보고는
강을 하나 건넌다.
물에 빠져 허우적대다가

간신히 물 위를 걷는다.

돌부리에 부딪혀 미끄러지고

기적처럼 나무뿌리 붙잡고

일어설 때도 있다.

허공에 올라 그녀는 생각한다,

환호 소리를 듣는 날은

또 다른 도전의 시작이라고.

줄타기는 갈수록 힘 드는데

위험한 여행만 골라 다닌다.

웃던 얼굴이 생기를 잃어

언제까지 줄에서 버틸지 모른다.

줄 타는 그녀가 아슬아슬하다.

—「줄 타는 여자」 전문

줄 위를 걷는 것은 위태롭고 불안하고 고독한 인생길을 빗대고 있는 것이다. 보편적으로 많이 흔들리는 외줄을 타는 일은 곡예와 같은 인생사에 비유된다. 줄 위에서는 조금만 방심해도 "물에 빠져 허우적대"고, "돌부리에 부딪혀 미끄러"진다. 겨우 "기적처럼 나무뿌리 붙잡고" 일어설 때도 있다. 그러다 "환호 소리를 듣는 날은" "또 다른 도전의 시작"이라는 자신감이 든다. 줄 위에서 재주를 부려야 살 수 있고, 사람들의 환호가 있어야 용기를 내서 사는 것이 줄 위의 삶이다. 위험과 불안을 느끼면서도, 떨어지면 죽을 줄 알면서도 줄 위에서 견뎌야 하는 것은 어쩔 수 없이 생존의 문제와 직결되기 때문이다. 우리는 소위 줄을 잘 타야 한다고 말한다. 자신을 끌어줄 윗선도 필요하고 후임을 세울 때도 줄을 잘 대야 하는데, 여기서 줄은 긴밀한 인맥의 의미로 쓰인 듯하다. 여자가 "줄 위로 올라"가는 순간 우리는 그녀가 내려올 수 없다는 걸 안다. "산을 하나 넘고" "강을 하나 건"너면서 물에 빠지기도 하고 나무뿌리를 붙잡고 일어서기도 하는 것은 그만큼 "인고와 겸손의 시간을 새"(「천인정에 앉아」)기며 견뎌야 한다는 의미를 담고 있다. 화자가 줄타기와 같이 "갈수록 힘 드"는 "위험한 여행만 골라" 다니는 이유는 생존의 위협을 극복하는 극한의 경험을 통해서만이 살아있음의 '기쁨과 안도'를 느낄 수 있기 때문이다. 적자생존의 자본주의 시대를 살아가는 우리는 "언제까지 줄에서 버틸"수 있을까? "서로 비켜 갈 수 없"(「어떤 비행」)는 줄 위에서 생기 잃은 얼굴로 아슬아슬하게 서있는 모습은 복잡다단한 현대사회를 살아가는 우리의 또 다른 모습일 것이다.

처서 막 지난 남도 길, 벼 이삭이 하나씩 고개를 내민다.
고추잠자리가 유영을 즐기며 소리 없이 흐르는 강물을 바라본다.
출렁이는 물결이 또 하나 있다. 잘 닦인 도로 옆으로 백일홍 나무 꽃들이 춤을 춘다.
짙푸른 허공에 말문이 막혀도 타는 불볕에는 격렬함이 없다.
곱게 접힌 입술 같은 꽃들, 천둥이 쳐도 외면하지 않는다.

내 가슴속에서 키운 나비들, 꽃들 향해 날려 보낸다.

답답한 그것들, 몽상을 견디다가 내리쬐는 뙤약볕을 맘껏 즐긴다.

질주하는 자동차 안으로 잘린 풀 냄새가 야수처럼 들어온다.

백일홍, 길 따라 남으로, 남으로, 가을 제단으로 가는 긴 행렬이다.

—「백일홍 길」전문

처서는 양력 8월 23일 무렵으로 더위가 물러가고 가을에 들어서는 시기다. 화자는 처서 무렵, 백일홍이 피어있는 남도 길의 풍경을 스케치한다. 화자는 가을이 오는 길목을 "백일홍, 길 따라 남으로, 남으로, 가을 제단으로 가는 긴 행렬"이라고 묘사한다. 제사를 지낼 때는 제물이 들어갈 텐데, 제단에 무엇을 올리며 무엇을 기원하는 것인지는 드러나 있지 않다. 제단으로 간다는 건 뭔가를 바라는 마음이 있는 것이며, 또한 희생의 의미도 있다. 뭔가를 희생해서 뭔가를 얻어내겠다는 의미, 즉 눈에 보이지 않는 힘을 이용해서 뭔가를 이루겠다는 의미도 있다. 유럽이나 미국의 추수감사절은 보이지 않는 신에게 풍요로운 농작물을 수확할 수 있게 해줘서 감사하다는 기도를 드리는 명절이다. 이처럼 풍요로운 가을 녘의 풍경 속에서 화자는 "내 가슴속에서 키운 나비"를 "꽃들 향해 날려 보"내기 시작한다. "답답한 그것들, 몽상을 견디다가 내리쬐는 뙤약볕을 맘껏 즐"긴다.

4. 시詩의 이름으로 기록되는 성장서사

호수에 잠겨있는 작은 나무를 바라본다.
물속에서 춤을 추는 거니, 발버둥을 치는 거니?
어찌 그리 해맑게 웃을 수 있니?
고해의 바다로 떠밀리며 사는 너의 자존은
무엇이니? 작은 나무가 내게 묻는다.
너와 나, 더는 응답이 없다. 서로의 질문은
바라보는 거리만큼 평평하다.
물에 비친 산 그림자가 가까이 밀려온다.
작은 나무의 지친 손을 꼭 잡아본다.

　　　　　　　　　　　　　　—「물에서 크는 나무」부분

원래 나무는 흙에 뿌리 내리고 물을 머금고 사는 식물이
다. 특히나 나무는 흙과 물이 없이는 안정적으로 성장할 수
없다. 화자는 광주호 호수생태원에 어우러져 있는 생태 풍
경들 속에서 "호수에 잠겨있는 작은 나무를" 본다. 그리고
작은 나무에게 물속에서 춤을 추는 건지, 발버둥을 치는 건
지, 어찌 그리 해맑게 웃을 수 있는지 묻는다. 이렇게 나
무는 '물'로 성장하지만, 또 한편 이 물로 인해 고통을 받는
다. 그래서 작은 나무는 대답 대신 "고해의 바다로 떠밀리
며 사는 너의 자존은/ 무엇이"냐고 반문한다. "서로의 질문
은/ 바라보는 거리만큼 평평"하고 어느덧 "산 그림자가 가
까이 밀려온다". 화자가 "작은 나무의 지친 손을 꼭 잡"아

주는 것을 보면 함께 나아가자는 의미의 응답이 온 듯하다.

결국 김화정 시인은 이번 시집을 통해 우리의 삶은 서로
가 서로에게 기대고 의지하면서 살아간다는 이야기를 건네
고 싶은 것이 아니었을까? 그의 시 세계는 외길에서 출발
하지만 결국 서로의 존재를 지각하면서 존재들 간의 유대
감을 갖고 살아갈 수밖에 없는, '끈'으로 연결된 우리들 관
계의 중요성과 그 가치를 깨닫게 하는 데서 의미를 찾을 수
있겠다. "한때의 고립은 달콤한 휴식"이라는 인식과 "외로
움은 때로 분노를 만"(「녹산 등대 가는 길」)든다는 생각은 스스
로를 감싸 안는 그리움과 외로움을 견디기 위한 깨달음의
사유이면서 한 줄 한 줄 써 내려간 성장 서사의 한 페이지
가 되는 것이다.